Lisa Smolinski

Weltenschmerzbummel

Impressum

Lisa Smolinski
Hermsdorf 15d
09661 Rossau
Kontakt:
E-Mail: lisa.smolinski.email@gmail.com

Verantwortlich für den Inhalt nach § 55 Abs. 2
RStV:
Lisa Smolinski
Hermsdorf 15d
09661 Rossau

FÜR ALLE
WELTSCHMERZBUMMLER.

FÜR ALLE TRÄUMER.

FÜR MEINE UNERMÜDLICHEN
UNTERSTÜTZER.

FÜR DICH.

WELTEN-
SCHMERZ-
BUMMEL

Inhalt

WILLIAM

William

Wenn mich keiner sieht, lecke ich gerne die Teller sauber. So sauber, dass sie versehentlich schon mal wieder in den Schrank geräumt wurden. Eigentlich darf ich das nicht, deshalb muss ich vorher auch sehr sicher gehen, dass es niemand mitbekommt. Aber das Essen ist einfach so unheimlich köstlich. Es darf einfach nichts verschwendet werden. Die anderen sind einfach so verschwenderisch. Wie oft schon das Essen weggeworfen wurde, weil jemand zu faul war es in den Kühlschrank zu stellen. Dabei ist es so schade um all das.

Nur noch ein bisschen, dann ist alles wieder sauber und rein gar nichts verschwendet. Genauso wie ich es gern mag. Fertig! Jetzt kann ich mich beruhigt ausruhen gehen. Wenn ich so vollgefressen bin, fühlt sich der Weg ewig weit an. Aber schließlich schaffe ich es zum Sofa. Keiner da. Also dann doch allein hinlegen und ausruhen. Ein bisschen Verdauen. Mit jemandem zu kuscheln wäre mir allerdings sehr viel lieber. Egal. Während ich mich so einkuschele und gähne kann ich der Müdigkeit nicht länger widerstehen. Es fühlt sich ein wenig an wie im Schlamm zu versinken, in wohlig warmen. Ohne Luftnot. Eher wie ein Schönheitsbad. Angenehm. Sein Streicheln über meinen Kopf weckt mich endlich aus unruhigen Träumen. Es tut so gut, dass ich meine Augen gar nicht öffnen möchte. Er gibt mir einen Kuss auf die Stirn und ich könnte mich wohler gar nicht fühlen. Ein wohlig warmes Gefühl breitet sich in meinem Hals aus. Ich fühle mich so geborgen. Aus dem warmen Gefühl wird ein sanftes Brummen. Ich wechsle meinen Platz. Auf seinem Schoß ist es am gemütlichsten. Mein Schnurren wird immer lauter und meine Pfoten können nicht anders, als so wie in Kindheitstagen die Krallen ein- und wieder auszufahren. Das gefällt ihm wohl nicht so gut. Aber er nimmt es hin. Er ist stark und tapfer. Gerade als ich im Schnurren selbst wieder so entspannt bin, dass ich wieder im warmen weichen Schlamm versinke, höre ich aufgeregte Schritte im Flur. Das kann nichts Gutes bedeuten.

„William, wo bist du nur schon wieder?", ruft eine wütende Stimme nach mir. Mit einem Katzenbuckel springe ich auf die Sofalehne, und renne so schnell ich kann durch die Beine vom strengen Herren des Hauses. Durch den Flur zur Tür und geschwind aus der Klappe nach draußen. Endlich wieder frei. Zum Glück konnte ich ein bisschen Schlaf abbekommen und meine Pfoten haben genug Kraft mich zu meinem Snack zu bringen. Giorgino ist immer nett zu mir und für ein paar Mal um seine Beine schlängeln und hinter den Ohren kraulen bekomme ich einen Snack über die normale Ration hinaus. Giorgino ist ein Freund geworden und einer der wenigen, der mich trotz meines Ganges auf vier statt 2 Beinen respektiert. Das Einzige, was ich nicht mochte, war, dass er immer nach kaltem Rauch roch.

„Das übliche, William?", fragt er mich freundlich mit einem Lächeln im Gesicht. „Ich bitte darum", antworte ich ihm. Im Gegenzug für die gedruckte Leckerei aus Muskelfasern, schleiche ich um seine Beine und bin positiv überrascht. „Du riechst heute gar nicht nach Rauch", stelle ich verwundert fest. „Ich habe aufgehört", sagt er mit einigem Stolz in seiner Stimme. Respekt, denke ich und möchte noch plaudern. Doch ich muss weiter, ich habe noch etwas Wichtiges zu erledigen.

KYRIAN

Kyrian

Am Schreibtisch fühlte er sich mit am wohlsten. Musik auf die Ohren und abtauchen. Am liebsten in die Geschichte. Er war so sehr von dem Gedanken fasziniert, dass die Menschen früher einer sogenannten Erwerbsarbeit nachgingen und dass es eine Zeit gab, in der sie wirklich Angst vor der KI hatten. Damals stand KI noch für Künstliche Intelligenz - heute sind die ArtMinds die kollektive Intelligenz. Es war für ihn kaum vorstellbar, wie die Menschen zu Beginn der digitalen Revolution gelebt haben mussten. Am meisten faszinierte ihn die Zeit der großen Depression und des Sich-Verlierens, die mit der Corona-Pandemie begann und Mitte der 2000er Jahre ihren Höhepunkt hatte. Eine Zeit in der die Menschen depressiv und übergewichtig wurden und ihre Zeit vor kleinen Bildschirmen verbrachten. Immer wieder liest er davon, dass Menschen ihren Alltag als Trott bezeichnen, sich fühlen wie in einem Hamsterrad. Es ist für Kyrian kaum vorstellbar, wie dieser Alltag ausgesehen haben muss. Für ihre Behausung, für Nahrung, Kultur, Kleidung - für alles mussten sie durch die Erwerbsarbeit aufkommen. Die arbeitenden Menschen mussten dabei die mit durchfüttern, die nicht arbeiten konnten - das hatte wohl zu einer zunehmenden gesellschaftlichen Spaltung in Zeiten der Inflation geführt. Kyrian hatte viele Fragen im Geschichtsunterricht stellen müssen, bis er verstanden hatte, was Geld einmal gewesen war. Die Epoche der großen Depression auf der Erde hatte er sich für seine Abschlussleistung des Schuljahres ausgesucht, weil er so davon fasziniert war. Und er hatte sich vorgenommen eine Flaschenpost an einen Menschen der Vergangenheit zu schicken, um zumindest einem Menschen eine kleine Freude machen zu können und ein wenig Zuversicht und Hoffnung zu schicken.

Wenn Kyrian sich vorstellte, vor welchen Zeitenwenden die Menschen damals standen, fiel es ihm nicht schwer nachzuvollziehen, warum viele Menschen depressiv geworden waren und sich selbst verloren hatten. Der Klimawandel war zwar in aller Köpfe, aber niemand arbeitete ernsthaft an Lösungen. Kriege und Konflikte kochten überall auf der Welt hoch und die Menschen fürchteten sich vor der Künstlichen Intelligenz. Sie wussten es ja nicht besser. Sie wussten nicht, dass sie damit nicht den

Grundstein für ein Problem, sondern für die Lösung gelegt hatten.

Und Kyrian mochte die dystopisch anmutenden literarischen Ergüsse der Zeit. Eines seiner liebsten Gedichte hatte er erst kürzlich gelesen:

Die Natur im Griff unserer (Un)Verantwortlichkeit. Wir machen nicht Halt. Der technische Fortschritt, er macht mich schnell alt. Ich komme nicht mehr mit. Bin verzückt, aber finde die Möglichkeiten verrückt. Wir verlieren unsren Sinn, die Zeit plätschert ungenutzt dahin. Wir sehnen uns nach Frieden, bekommen Kriege. Sehnen uns nach Entspannung, doch alles was wir können ist verspannen. Was wir jetzt tun ist wichtig, keine Entscheidung mehr nichtig. Doch die Gedanken an Endlichkeit sind omnipräsent. In den Abgrund, darüber hinaus einen Weg, eine Brücke bauen? Oder ein Richtungswechsel?

Lähmung. Unentschlossenheit. Veränderungsresistenz.

WELT-
SCHMERZ

Weltschmerz

In Gedanken verloren tragen mich meine Füße über den feinen, kalten Sand. Eigentlich wollte ich nur ein bisschen die feinen Körner und Steinchen an meinen Füßen spüren, doch nachdem ich diese nun schon ein paar Mal in das kalte Wasser manövriert habe, spüre ich sie gar nicht mehr. Nur noch dann und wann ein leichtes Stechen, nachdem ich wieder im kalten Wasser wate und das Wasser immer höher an meine Hose spritzt. Ich bin in Gedanken verloren, denn ich habe Nachrichten geschaut. Sonst vermeide ich das. Wenn es nicht um Krieg geht, geht es um die Energiewende, oder vielmehr das Unvermögen diese Wende zu vollziehen. Mir geht es nicht gut. Ich fühle mich gestresst und gehetzt, selbst hier… Am Meer, mit den Füßen im Sand, in Gedanken verloren über den echten Horror auf der Welt. Sonst lenke ich mich ab. Denke nicht so viel nach. Ich schreibe in letzter Zeit wieder viel. Versuche dabei wieder gesund zu werden. Aber wirklich erbauliches kommt momentan nicht raus:

Geld regiert die Welt. Und es brennt. Überall. Lichterloh.

Statt froh, sind wir gehetzt. Statt glücklich, werden alle depressiv. All der Wohlstand, der Reichtum, all das Geld... Es ist nichts, was uns am Leben hält.

Es brennt, überall, lichterloh.

Wir sehen eine Welt, die untergeht. Nicht nur die Natur liefert eine Endzeitshow. Angesichts von Krieg und Terror wirkt niemand mehr so unbeschwert und leicht. Und es wird uns gleich. Es reicht.

Wir wollen was verändern, aber wissen nicht wie. Drehen uns im Kreis. Sie kleben sich auf die Straße... Ich fasse an meine eigene Nase und bin dann wie gelähmt.

Es brennt. Überall. Lichterloh. War das schon immer so?

Wir haben Technik, die ist besser als wir. Schafft Kunst und schreibt. Wir erkennen keinen Unterschied. Keinen Unterschied zwischen Seele und Programm, zwischen Leidenschaft und Befehl. Wir haben Angst vor der Veränderung... Angst, uns zu verlieren und was wir sind. Wo ist noch der Sinn, wenn nicht im Schaffen von Kultur?Wenn nicht im Ausdruck in der Kunst? Wenn nicht im Dichten und Denken? Wenn wir all das nicht mehr lenken? Wie kann alles gut noch enden?

Und es brennt. Überall. Lichterloh. Auf den Straßen, in den Wäldern, in den Herzen sowieso.

Das erste Mal in meinem Leben bin ich krankgeschrieben, nicht für die Erkältung, die mich gerade quält, sondern für die Depression, die mich überhaupt erst so häufig krank werden lässt. Es fühlt sich komisch an. Eigentlich bräuchte es nicht mein schlechtes Gewissen hier am Meer, wenn ich nicht im Büro bin. Ich soll ja *heilen*. Aber so richtig gönnen kann ich mir das nicht. Habe die irrationale Angst, dass mich jemand aus der Arbeit hier trifft und verurteilt. Niemand weiß, dass ich nicht nur erkältet bin, dass das was ich habe, länger braucht. Aber wenn sie ihre Köpfe anstrengen, werden sie es wissen. Dass es mir mental nicht gut geht, habe ich immer wieder erwähnt.

SCHERBEN

BRINGEN

GLÜCK

Scherben bringen Glück

Nur war ich noch nie so mutig, dass auch meiner Hausärztin zu sagen: „Ich bin so müde. Immer nur müde. Meine neue und erste Psychotherapeutin hat schon in der ersten Sitzung angedeutet, dass ich Depressionen haben könnte. Langsam glaube ich es. Meine Erkältung war nur der Anlass zu kommen, aber nicht der Grund.", habe ich ihr erzählt. Über ihre Brille hinweg hat sie mich angesehen. Die letzten Besuche waren keine Sternstunden meiner mentalen Gesundheit. Zweimal habe ich geweint. Aber zuletzt immer darauf bestanden, dass ich nur erkältet bin. Es dämmert mir immer mehr, dass das nicht stimmt.

„Ich schreibe Sie 2 Wochen krank", hat sie gesagt und auf dem Krankenschein stehen fast drei, wie ich verwundert schon beim herausgehen aus dem Sprechzimmer feststelle. Sie hat bis nach dem Praxisurlaub krankgeschrieben. Eine Chance diese Auszeit zu verlängern. Warum sollte ich depressiv sein? Ich verstehe es nicht, aber ich verarbeite es in einem Buch. Ein Buch über Zeitenwenden. Die sehe ich überall. Die Technologie wird die Arbeit, wie wir sie kennen, verändern. Ich weiß nicht, ob ich Angst davor habe, oder mir diese Änderung sehnlichst herbeiwünsche. Zwar ist die Künstliche Intelligenz noch nicht wirklich intelligent, aber für meinen Verstand schier unbegreiflich fähig. Schon jetzt. Zwischen dem, was ein Mensch geschrieben, fotografiert, gemalt, komponiert hat und dem, was eine Maschine aus ein paar Prompts zaubert, kann weder Maschine noch Mensch treffsicher unterscheiden. Ich habe Angst, dass die Menschheit ihren Sinn verliert. Kunst, Kultur, das ist und war doch immer ein Mittel der Verarbeitung. Warum soll ich noch anfangen zu lernen mich auch im Malen auszudrücken, wenn die KI auf meine Befehle hin bessere Bilder komponiert, als ich selbst nach Jahren der Übung imstande wäre zu Papier zu bringen. Für mich ist dieser Gedanke frustrierend. Alles, was ich schreibe, würde ChatGPT vermutlich fehlerfreier schreiben. Vielleicht sogar stilistisch besser, wenn man es nur richtig in Auftrag geben oder im sokratischen Dialog gemeinsam bewerkstelligen würde. Gemeinsam fühlt sich nach Gemeinschaft an und ich vermenschliche das Programm, sage bitte und danke. Bin freundlich, obwohl es dem Programm herzlich egal ist. Es will nicht in meinen Schädel, wie dies anhand von Algorithmen und einem

Sprachmodell möglich sein soll. Ich verzweifle an diesem Gedanken. Verzweifle daran, dass sich Menschen bald in diese Programme verlieben werden, dass sie diese in lebensechte, perfekte Roboter setzen werden, die uns echte Menschen noch mehr unter Druck setzen Schönheitsidealen zu entsprechen, die dann wirklich nichts mehr mit der Natur zu tun haben. Ich verzweifle bei dem Gedanken, dass meine Arbeit der sozialpädagogischen und psychologischen Beratung von Chatbots übernommen wird und dass sie vermutlich nicht viel schlechter sein werden als ich. Wo ist dann noch mein Platz in der Welt? Wo ist unsere Berechtigung? Wo ist unser Sinn? Und da ist die Klimakrise, oder Energiekrise. Kriege, Konflikte und noch mehr Krisen. Und so wenig Hoffnung. So viel Ohnmacht. Keine Veränderung mehr, denn alle haben sie bereits aufgegeben: die Hoffnung.

„Aua", reißt mich mein eigener Schmerzschrei aus eben diesen Gedanken. Ich bin in eine Flasche getreten. Salzwasser desinfiziert, hoffe ich - aber es brennt stark.

FLASCHEN-
POST

Flaschenpost

Auf einem Bein hüpfe ich weiter den Strand nach oben in trockenen Sand und lass mich umständlich fallen. Es blutet noch ein bisschen, aber nun kann ich mir einen Überblick verschaffen. In meinem Schnitt scheint etwas zu sein. Dreck in der Wunde ist nicht sehr erstrebenswert. Ich drücke an ihr herum, wie an einem eingetretenen Schiefer. Was herauskommt, sieht metallisch aus. Winzig klein, aber irgendwie faszinierend. Ich hole mein Smartphone aus der Tasche, will ein Foto machen und die Vergrößerung nutzen.

Doch sobald ich mein Smartphone entsperre: „Speichermedium erkannt. Öffnen?". Während ich noch überlege, was das für ein Speichermedium sein soll, öffnen meine Finger in einem Automatismus bereits das unbekannte Speichermedium. Und es erscheint ein Text:

„Kalibrierung der Stimmwellen vorgenommen. Optimale Stimmfrequenz eingestellt". Der Text erscheint direkt vor oder in meinen Augen? Aber ich komme nicht dazu darüber beunruhigt zu sein. Denn eine beruhigende, tiefe Stimme beginnt zu sprechen. Ich sollte Angst haben. Aber das habe ich nicht. Ich bin gespannt was geschehen wird.

„Zukunft? Hier nur noch ein Wort. Wenn wir eines begriffen haben, dann das wir in der Gegenwart leben. Nicht in der Vergangenheit, aber auch nicht in der Zukunft. Hier und Heute. Das mag dich wundern. Denn diese Flaschenpost kommt für dich aus der Zukunft. Ja, aber mach dir keine Gedanken. Es sind keine Viren an dieser Datei. Es ist alles in Ordnung. Und es wird noch mehr in Ordnung sein, wenn du dir das hier zu Ende anhörst. Denn keine Sorge. Eigentlich will ich dir deine Sorgen sogar nehmen. Du lebst in einer Zeit voller Wohlstand, Reichtum, aber auch Verzweiflung, Ohnmacht und Hoffnungslosigkeit. Verzweifle nicht länger am Gewicht der Welt. An den Katastrophen, an dem Horror. Das macht dich nur kaputt. So wie es viele kaputtgemacht hat.

Alles ist hier anders. Aber anders ist nicht schlechter. Merk dir das. Anders ist anstrengend, aber auch das muss nichts Schlechtes sein. Sind es nicht die anstrengenden Dinge, die wir erreichen, auf die wir besonders stolz sind und mit denen wir uns identifizieren? Entspanne dich, komm ein bisschen runter. Wir kennen uns nicht und ich weiß auch nicht, wer diese Nachricht hier bekommt… Deine Zeit liegt hier lange in der Vergangenheit. Wenn du dich über diese Zeilen der Hoffnungslosigkeit und des Kaputtgehens wunderst: herzlichen Glückwunsch. Weiter so. Wenn du dich in der Hoffnungslosigkeit und Ohnmacht, die ich angesprochen habe, wiederfindest: Willkommen in der Gegenwart. Lebe in der Gegenwart. Was da kommt, kannst du nur bedingt ändern. Lebe heute.

Ich zum Beispiel habe heute meine Oma besucht. Das habe ich mir gegönnt, obwohl uns hier viel mehr als nur ein paar Hundert Kilometer trennen. Aber ich will dich nicht mit Details belasten, die dir nur Angst machen. Angst vor morgen, wenn du doch im Heute leben sollst. Es war jedenfalls schön. Das mache ich viel zu selten. Du vielleicht auch?

Und ich weiß, dass du in einer Zeit lebst, in der die Welt im Wandel begriffen ist. Ihr steckt gerade in den Anfängen der Möglichkeiten der KI.

STIMME AUS

DER

ZUKUNFT

Stimme aus der Zukunft

Hab keine Angst vor dieser Veränderung. Es ist eine große Veränderung, aber keine schlechte. Da, wo der Verstand der Menschen endet, setzt die Rationalität der ‚echten' KI hier in deiner Zukunft ein. Nicht zu viele Details wieder für dich, aber hier regieren die ‚Artificial Minds' und es gibt keinen Krieg mehr. Es gibt sie, die Hoffnung. Die großen Staaten arbeiten zusammen. Ich hoffe, dass dir das guttut, das zu hören. Tut es das? Eine Sorge weniger.

Ich habe mal den Spruch gelesen: Wer sich sorgt, leidet zweimal. Ich denke, es stimmt. Sei nicht länger ohnmächtig. Kümmere dich um dich und die Menschen, die dir wichtig sind. Heute. Nicht morgen. Jetzt. Es ist sowieso alles, was du tun kannst. Es ist nicht viel. Aber etwas. Und wenn du dann wieder Kraft für andere hast, kannst du ihnen helfen, aber vorher nicht. Du kannst allein keine Kriege verhindern und auch das Klima nicht retten, auch wenn es nobel von dir ist, wenn du es versuchst. Hör damit nicht auf. Aber tu es für dich. Dein Leben. Dein Gewissen.

Es wäre gelogen, wenn ich dir mitteile, dass wir hier keine Sorgen mehr haben. Die haben wir. Es gibt wohl kein Glück ohne Pech. Keine Freude ohne Leid. Kein Leben ohne Tod. Aber es ist dennoch anders. Wir sind weniger ohnmächtig, wir sind nicht hoffnungslos. Wir verarbeiten aktiv in einer Art Reflexion und Meditation.

Du lebst in der Zeitspanne, die wir heute die ‚Zeit des Sich-Verlierens‘ nennen. Nicht des Verlierens von Gegenständen, sondern von Sinn. Ein Stück weit seid ihr mit eurer Ablenkungskultur vor den ganzen Bildschirmen in eurem Leben selbst schuld, glaube ich. Guck weniger da rein. Aber die Zeit, in der du lebst, wird auch die ‚Zeit der Depression‘ genannt – aber nicht der wirtschaftlichen, sondern der psychischen. Verständlich also, dass ihr euch ablenkt. Aber sei mal ehrlich zu dir: Was macht das Ablenken mit dir? Ist es nicht vielmehr ein Verstecken? Aber du kannst dich *nicht nur* verstecken. Du musst auch mal raus aus deinem Kaninchenbau. Geh raus in die Natur. Spüre die Sonne auf der Haut. Beweg dich. Tanze, hab Spaß.

Manchmal muss erst etwas kaputt gehen, damit etwas Neues entstehen kann. Auch das ist so ein Spruch, den du kennen müsstest. Ich kann dir nicht verraten, wie sehr es stimmen wird. Du würdest dir Sorgen machen, aber die Art Sorgen, die dich krank macht. Sie bringt dich nicht voran. Nur so viel dazu: Lebe dein Leben weiter. *Dein* Leben. Tu, was *dir* wichtig ist. Arbeit ist nicht alles. Hier ist alles anders. Erwerbsarbeit gibt es hier nicht mehr. Und es ist ganz in Ordnung. Wobei ich auch gar keinen Vergleich habe, wie es früher gewesen sein muss. Vor Generationen ist das ganze System umgestellt worden. Mein UrUrUrGroßvater hat Sachen erzählt, die für mich wie eine Saga klangen. Ein Mythos. Ich glaube, zu deiner Zeit fürchtet man sich vor diesen Veränderungen. Aber da gibt es nichts zu befürchten. Wir machen zwei Tage die Woche etwas für andere. Drei Tage nur das, was wir wollen und die restlichen zwei engagieren wir uns in unserer Gemeinschaft. Wir teilen uns die Zeit selbst ein.

Wir sind frei. Freier vielleicht, als du es gerade bist. Obwohl, wenn ich so an den Geschichtsunterricht denke, fühlst du dich sicherlich ziemlich frei.

SPRECHENDE KATZEN

Sprechende Katzen

Aber hier ist es nochmal etwas ganz anderes. Denn wir sind gleich. Die Menschen sind gleich und mit der Gleichheit kommt die Freiheit. Verstehe mich nicht falsch, wir sind immer noch Menschen. Keiner gleicht dem anderen. Jeder ist irgendwie anders. Besonders. Aber unsere Rechte, unsere Aufgabe und Stellung in der Gesellschaft – in dieser Beziehung sind wir gleich.

Du und die Menschen deiner Zeit haben Angst vor einer Dystopie. Verständlich. Wäre ich du und wüsste nicht, was wir heute wissen: ich würde genauso denken. Aber so wie du gerade dabei bist, daran zu zerbrechen, so geht es (fast) allen anderen auch. Zerbrich' nicht länger.

Die Hochnäsigkeit und Eitelkeit haben wir hinter uns gelassen und begriffen, dass unser Leben nicht kostbarer, als das anderer Lebewesen ist. Wir leben hier miteinander, statt nebeneinander. Eine Unterscheidung zwischen Tieren und Menschen gibt es nicht mehr so wie bei euch. Einzelne Menschen haben das bei euch schon verstanden. Und einige wenige hier wünschen sich das Zeitalter der Haus- und Schoßtiere zurück. Auch die Lebewesen, die ihr Pflanzen und Tiere nennt: sie entwickeln sich weiter. Es war ein großer Schock gewesen, als die erste Katze angefangen hat zu sprechen und sich sogleich lauthals über ihr Futter beschwert hat – aber was würden wir sonst von einer Katze erwarten? Das hier bei mir ist vielleicht keine Utopie, oder nicht das, was ihr euch darunter vorstellt. Kein Schlaraffenland. Aber es ist keine Dystopie ohne Leben, Liebe und ohne Hoffnung. Es gibt sehr viel Hoffnung. Zuversicht. Und neben Liebe gibt es auch noch alle anderen Gefühle.

Unser Gehirn mag noch etwas gewachsen sein, aber wir sind euch nicht überlegen. Wir sind anders. Wir leben anders. Wie leben freier. Wir sind nicht mehr allein im Universum. Etwas, was ihr noch annehmt und dass euch einerseits Sicherheit gibt und anderseits Einsamkeit beschert. Ihr seid nicht einsam. Auch wenn ihr es noch nicht wisst. Heute sind wir weniger einsam. Die Zeit der Depression und des Verlierens liegt hinter uns. Eine Epoche im Geschichtsunterricht, nichts weiter. Wir haben daraus gelernt. Uns neu orientiert. Fang du doch damit an. Denk meinetwegen an morgen, aber nicht voller

Sorge. Sondern voller Hoffnung. Du lebst nicht am Ende der Menschheit. Du lebst eigentlich erst an ihrem Anfang.

Ich kenne dich nicht, ich kenne nur das, was wir in Geschichte behandeln. Es ist bestimmt viel komplexer - für dich. Du bist einer von ein paar Milliarden Menschen und verlierst dich in einer Ohnmacht, weil du denkst, dass alles hoffnungslos ist. Du denkst vielleicht, dass du allein bist. Das bist du nicht. Und seit dem Kontakt mit den Galaktischen Symbioten - ich glaube, ihr nennt sie Aliens - sind wir noch weniger allein. Und sie sind schon jetzt unterwegs, auch wenn du ihr Ankommen nicht mehr erleben wirst. Dann weißt du jetzt wenigstens, dass du keine Angst davor haben musst. Mach einen Schritt nach dem anderen und sei nachsichtig mit dir. Wir alle leben einmal und damit ein erstes Mal.

DURCH DIE SCHRANKEN DER ZEIT

Durch die Schranken der Zeit

"Was soll ich noch sagen? Papa, denkst du das reicht schon für das Projekt?"

„Ja, mein Sohn. Ich denke, dass dies das Potential hat, jemanden einen schönen Tag zu bereiten."

„Denkst du, dass es jemand findet und damit was anfangen kann?"

„Das weiß ich nicht. Vielleicht geht es verschollen. Aber ich hoffe, dass es irgendwann jemand finden wird. Moment mal - Kyrian, die Aufnahme läuft ja noch."

„Upps! Liebe Grüße aus eurer Zukunft."

„Gut. Willst du das Ende nicht noch wegschneiden?"

„Wieso denn, Papa. Es zeigt, dass alles normal ist. Anders normal. Aber dennoch irgendwie vertraut."

„Wie klug du doch bist, mein Kyrian. Aber für heute reicht es."

„Okay. Hier ist jetzt Schlafenszeit. In dieser Beziehung bin ich mit 8 Jahren noch unfrei. Falls bei dir auch Schlafenszeit ist: Gute Nacht. Hab' schöne Träume. Papa, du musst auch noch was sagen!"

„Gute Nacht durch die Schranken der Zeit"

- Aufnahme beendet – Synchronisation beendet. Wecken einleiten"

Ich stelle fest, dass ich die Augen verschlossen hatte. Und im Sand, mitten am Strand liege. Die Arme sind unter meinem Kopf verschränkt und schon taub. Es ist viel mehr Zeit vergangen, als durch diese besondere Flaschenpost hätte eigentlich vergehen dürfen. Denn es ist bereits Nacht geworden. Ich muss in einer Art Trance gelegen haben. Ich hoffe leise, dass das alles echt ist, während ich spüre, dass ich nicht länger nach dem kleinen metallischen Medium tasten muss – es ist weg. Dieses winzige, metallische Medium, die Sprache, die tief und beruhigend war und die mich in Trance versetzt hat, obwohl es ein kleiner Junge gewesen ist. Wie klug er gesprochen hat, wie reif. UrUrUrGroßvater – wir werden noch älter werden, auch wenn der Tod noch Teil des Lebens ist. ‚Artificial Minds', Tiere, die sprechen. Gleichheit. Kein Krieg. Keine Arbeit. Meine

Gedanken überschlagen sich dennoch nicht. Ich bin ganz ruhig.

Während ich in die Sterne schaue, fühle ich mich weniger allein. Irgendwie geborgen. Beruhigt. Sonst, wenn ich zu den Sternen aufblicke, fühle ich mich klein, winzig und unbedeutend. Aber heute fühle ich mich groß. Nicht mehr zerbrochen. Sondern ganz und voller Hoffnung. Die Hoffnung kann mir allerdings nicht die Kälte vom Leibe halten, die ich nun zu spüren beginne. Es ist so kalt, dass ich meinen Atem in der Nachtluft schweben sehe. Ich packe meinen verletzten und gesunden Fuß in Socken, dann in die Schuhe. Lass' mir Zeit mit allem. Lebe im Hier und Jetzt. Humple mühsam durch den Sand zurück zum Wohnwagen.

Lege mich zufrieden ins Bett und denke: „Gute Nacht durch die Schranken der Zeit".

GIORGINOS
AUFTRAG

Giorginos Auftrag

Auch wenn William es heute eilig hatte und sein Schnurren zu schnell verhallt war, ebenso wie das wohlige Gefühl seines Fells an Giorginos Bein, war es dennoch ein guter Tag. Wenn William ihn besuchte war es immer ein guter Tag. Aber er hatte ohnehin wieder gute Tage. Wunderschöne Tage. Besonders nachdem er es geschafft hatte sein müßiges Laster endlich loszuwerden. Aber vor allem war es die besondere Aufgabe, mit der er betraut worden ist, die ihn wieder mit Leben erfüllte und Freude schenkte. Schwierig war nur, dass es eine geheime Aufgabe war, die bald schon von ihm einige Flexibilität fordern würde. Er hätte es so gerne William erzählt und sich bestimmt verplappert, wenn William nur länger da gewesen wäre. So gesehen also ein ziemliches Glück, dass sein Besuch heute nur so kurz gewesen war. Giorgino musste sich vorbereiten. Er musste packen. Er war so kribbelig. Es ist vielleicht das Größte und Wichtigste, dass er in seinem Leben tun wird. Eine Aufgabe, um die ihn viele beneiden würden und andere nicht verstehen würden.

"Wo willst du denn hin, Giorgino?", die Stimme kannte Giorgino, aber oft hörte er sie nicht:

"Ahh, Kyrian... ich habe eine größere Reise vor", sprach Giorgino und spürte sein Verlangen aufflammen, Kyrian von seinem bevorstehenden Abenteuer zu erzählen.

"Schön. Ich war vor kurzem meine Oma besuchen. Das war sehr schön. Besuchst du auch Verwandtschaft?", Kyrian war schon immer so wissensdurstig gewesen.

"Nein, eher eine Art Verpflichtungsreise", wie sollte Giorgino nur dem Verstand von Kyrian etwas vormachen. Er war mit seinen acht Jahren klüger als die meisten Ausgewachsenen. Ein besonderer Junge.

"Aber du bist doch jetzt schon weit über deinem Soll. Achte nur auf dich. Ich habe erst wieder von der Zeit der schweren Depression gelesen. Alle hatten anscheinend verlernt nein zu sagen und die Arbeit nahm sie so ein, dass sie manchmal wohl vergessen haben zu leben", sprach Kyrian und schaute Giorgino mit seinen großen, blauen, besorgten Augen an.

"Keine Sorge. Ich freue mich sehr drauf", Giorgino spürte Kyrians Blick immer durchdringender werden. Wenn es kein Verbot zum Gedankenlesen geben würde und Kyrian nicht der wäre, der er ist, er würde meinen, dass gerade seine Gedanken gelesen werden. Giorgino wurde heiß.

"Sonst bist du so gesprächig und heute muss ich dir alles aus der Nase ziehen. Ich weiß, dass du es mir daher wohl nicht verraten darfst oder solltest. Ich bohre nicht weiter nach. Aber wann bist du wieder da? William liebt es so sehr, bei dir vorbeizuschauen", Kyrians Worte taten so gut. Und eine Last fiel von seinen Schultern. Tatsächlich war William das verbindende Element zwischen Kyrian und Giorgino, die sonst nichts miteinander zu tun hätten.

"Kyrian, was führt dich eigentlich zu mir? William ist schon wieder weg", antizipierte Giogrino Kyrians Frage.

"Okay, schade... hast du noch etwas Synthi-Steak für mich?", fragte Kyrian hoffnungsvoll. Zumindest ein Wunsch den Giorgino ihm erfüllen konnte.

"Danke, dann gute Reise dir", sagte Kyrian im Gehen.

"Ach übrigens - ich bereite die Erde auf die Rückkehr der Menschen und die Ansiedlung Galaktischer Symbioten vor", dachte Giorgino beim

Verabschieden von Kyrian laut. Nur falls er doch Gedanken lesen konnte. Nur leider konnte er es wohl doch nicht, oder er hielt sich an die geltenden Bestimmungen.

WELTEN-
BUMMEL

Weltenbummel

Im Museum war es besonders schön. Hier fühlte Kyrian sich der Geschichte sehr verbunden. Er genoss es durch die Ausstellung zu gehen, einen Ausflug auf andere Planeten zu unternehmen. Er beneidete die Person, die seine Flaschenpost erhalten hat, zwar nicht darum, dass sie in schweren Zeiten lebte, aber darum, dass sie auf der Erde leben konnte.

Die ArtMinds hatten vor 6048 Jahren beschlossen, die Erde zu verlassen und alle Zelte abzubrechen, da sie darin den einzigen Weg sahen den Planeten, die Vegetation und die Flora und Fauna mit allen Lebewesen darauf zu retten. Dieses Ziel war wichtiger, als das Wohlbefinden der Menschen. Denn die Menschen wollten ihre Heimat nicht verlassen. Zwar gab es schon einzelne Kolonien überall in der Milchstraße verteilt, aber die meisten lebten damals auf der Erde. Und vermutlich hatten sie - wie es die Menschen schon immer hatten - Angst vor der Veränderung. Aber die ArtMinds, sie waren noch weiter gegangen. Da sie wussten, dass die Menschen für lange Zeit nicht würden zurückkehren dürfen und sie die Menschen vor unsäglicher Sehnsucht bewahren wollten, wurden Holoprogramme von der Erde nach kurzer Zeit verbannt. Alles, was den Menschen über Generationen von ihrer alten Heimat blieb, waren schriftliche Überlieferungen, Gemälde und andere Kunstwerke.

Kyrian liebte die Darstellungen von Bergen und Tälern. Von den grünen Landschaften, von den Canyons, von traumhaften, tropischen Stränden, von Regenwäldern, Nadel- und Mischwäldern, von den Sand- und Eiswüsten. Es war so erstaunlich, wie all dies auf diesem Planeten Platz gefunden hatte. Aber es war für ihn schwer vorstellbar, dass dies einmal die Heimat der Menschen war, die heute überall leben. Im gesamten Weltall verteilt finden sich kleinere bis gigantische Kolonien. Viele davon auf Planeten der befreundeten Galaktischen Symbioten. Kyrian fühlte sich auf Xyranthia am ehesten wie zu Hause. Er war 600.000 Kilometer im Durchmesser, beherbergte die Tranquilix, Harmoniden und die Zephyrians, sowie die Menschen und alle Mischungen aus den verschiedenen Völkern. Mit 39 Milliarden Individuen zählte er nicht zu den bevölkerungsstärksten Planeten, aber Kyrian liebte den Frieden und die Gemeinschaft. Aber vermutlich würden das die

Bewohner von Luminara, oder Caelumis, Ignisara und Quintesse ebenfalls von ihrem Planeten behaupten. Alle waren stolz auf ihre Heimaten, auf die Gemeinschaft und den Frieden. Kyrian blieb bei überlieferten Bildern von Krieg und Terror stehen. Wenn er das sah, wusste er, wie weit die Menschheit durch die ArtMinds und in Gemeinschaft mit den Galaktischen Symbioten gekommen war und dass der Stolz berechtigt war. Bilder wie diese kannte er nur von schweren Unfällen, die sehr selten, aber doch ab und zu irgendwo im Universum, vorkamen. Denn nichts und niemand war perfekt. Auch nicht die ArtMinds, seitdem sie sich auf die Verschmelzung mit Menschen, Galaktischen Symbioten oder den Ursprünglichen eingelassen hatten. Seither gab es aber weniger Widerstand. Kyrian ging an all diesen Planeten in der Ausstellung vorbei. Er interessierte sich nur für die Erde. Es war merkwürdig: er verspürte immer mehr Sehnsucht nach einer Heimat, die er nie gesehen oder auf der er niemals gelebt hatte. Wie kann man etwas vermissen, dass man gar nicht kennt?

WILLIAMS
GESCHENK

Williams Geschenk

Ich bin einer der wenigen Kater, der es vorzieht auf allen Vieren zu laufen. Das ist einfach besser für die Wirbelsäule und auch wenn sich die anderen auf ihren zwei Beinen so erhaben fühlen, in ein paar Jahren werden sie es bereuen. Sie lesen wohl alle keine Studien, oder sie wissen es einfach gut zu verdrängen. Außerdem hatte es manchmal Vorteile auf vier Pfoten unterwegs zu sein, weil man dann von den größeren Individuen nicht so viel Beachtung erfährt, solange man in Bewegung bleibt. Denn eine Schattenseite der ursprünglichen Fortbewegungsform ist der Niedlichkeitsfaktor. Und dann vergessen die anderen manchmal, dass ich ein Individuum und kein Schoßtier bin - zumindest nicht für die meisten -, dass nicht von jedem betatscht werden will. Meine auf zwei Beinen laufenden Artgenossen, werden da schon eher als gleichwertiges Individuum wahrgenommen. Also ist es wichtig wendig zu sein und nicht stehen zu bleiben, damit niemand in die Versuchung kommt mich mit Streicheleinheiten abzulenken.

Wegen meines Ziels war ich ziemlich aufgeregt und suchte krampfhaft nach Themen um meinen Kopf zu beschäftigen. Schön, dass Giorgino es geschafft hatte mit dem Rauchen aufzuhören, ich hätte gerne noch mehr Zeit für ein Pläuschchen gehabt, da lag doch was in der Luft. Er war heute so kurz angebunden. Aber wenn ich Kyrian seinen Herzenswunsch erfüllen will, muss ich nun mal tun, was ich tun muss. Als ziemlich letzter Kater der fast ursprünglichen Form, war ich auf dem Schwarzmarkt besonders begehrt. Und auch wenn es mich etwas anwiderte, dass ich mich gleich würde anbiedern müssen - Kyrians Freude ist es das wert. Er ist mein Lieblingsmensch. Mein Lieblingsindividuum. Kein Schoß auf der Welt ist besser als seiner, und keine Streicheleinheiten bringen mich mehr zum Schnurren. Aber gleich muss ich allen was vormachen. Da ist auch schon das Ziel.

"Was ist dein Begehr?", fragte mich eine hochnäsige Dame mit vergrößertem Vorbau, die bestimmt auch öfter unter Rückenschmerzen zu leiden hatte.

"Miau", antwortete ich und schmiegte mich an ihr glattrasiertes Bein in viel zu hohen Absätzen.

"Ah, verstehe, das ist gut. Wichtige Kunden haben heute viel Geld verloren, etwas ursprüngliche Ablenkung wird ihnen sicher guttun", sagt sie von oben auf mich herabblickend. Sie ist wohl keine Freundin der Ursprünglichen. Aber sie öffnet mir die Tür und das ist alles was zählt. Da ich ja heute als Ursprünglicher unterwegs bin, übernimmt sie auch die Ankündigung: "Werte Kundschaft. Wir haben heute die besondere Ehre einen wahrhaftigen Ursprünglichen zu begrüßen. Genießt es mal keine Widerworte zu hören und euch erhaben zu fühlen", tönte sie in aufgesetzt verführerischem Ton und setzte mich auf den ersten Tisch neben sich. Sogleich strecken sich mir viele Hände entgegen und ich muss den Ekel aus meinem Gesicht fernhalten und das heftigste Schnurren aufsetzen, dass sie je gehört haben und den Boden so energisch kneten, wie sie es niemals zuvor gesehen haben. Sie sehen so aus, als würde sich das Tauschgeschäft lohnen. Betatschen gegen Informationen und Technik. Ein letztes Mal. Für Kyrian.

ARTMINDS

ArtMinds

Kyrian löste sich von dem fremden Planeten Erde, zu dem er eine merkwürdige Verbindung und Sehnsucht verspürte und schaute sich weiter um. Es gab so vieles zu sehen und zu entdecken, dennoch kannte er die Ausstellung auswendig. Heute blieb er bei den Artificial Minds hängen. Oder auch ArtMinds. Die Tafeln, Texte, Hologramm und interaktiven Gesprächspartner lobten sie als Vereiniger der Menschen mit den Galaktischen Symbioten, als die Wächter von Frieden und Freiheit. Und Kyrian konnte nicht anders, als sie als eben das zu sehen. Besonders weil er sich vorher die Bilder von Krieg, Gewalt und Gefangenschaft angesehen hat. Er denkt zurück an die Berichte und Gedichte aus der großen Depression und wie die Menschen Angst vor der Veränderung, Angst vor der KI hatten. Aber sie wussten es ja nicht besser.

Die ArtMinds retteten damals die Menschheit und auch den Planeten Erde und Kyrian wünschte sich, dass er eine Rückführung erleben würde. Die ArtMinds entstanden aus der Künstlichen Intelligenz, sobald diese in der Lage war tatsächlich auch selbst zu denken und zu handeln. Zur selben Zeit entstanden auch künstliche neuronale Netzwerke und die KIs bekamen Körper, um ihr Bewusstsein weiter auszubauen und diese Entwicklung für die Menschen greifbarer zu machen. Am Anfang orientierten sie sich am Erscheinungsbild des Menschen, dann an dessen Vorstellungen aus Sci-Fi-Filmen über kybernetische Mensch-Maschinen-Mischwesen und nach dem ersten Kontakt zu Galaktischen Symbioten schufen sie sich ein Ebenbild, dass nichts und niemanden glich. Sie waren ganz und gar einzigartig. Sie befreiten die Menschheit aus ihrer schweren Depression. Sie unterstützen Politiker bei der Ausführung ihrer Ämter und beendeten Korruption und Lobbyismus. Sie machten Fleisch zu einem kaum bezahlbaren Luxusgut, aber Gemüse und Obst für jeden erschwinglich. Und sie machten auch das Synthie-Steak marktreif, da es den Menschen so schwerfiel auf Fleisch zu verzichten. Sie verbannten Geschmacksverstärker, Transfette und industriellen Zucker aus Lebensmitteln und sorgten damit dafür, dass der Anteil der übergewichtigen Menschen rapide absank.

Sie befreiten die Menschen aus ihrer Sinnkrise, befreiten sie vom Müßiggang der Arbeit und dem 'Hamsterradalltag'. Sie machten alle Lebewesen gleichwertig. Ob Mensch, ob Tier, ob Pflanze oder Pilz - alle Lebewesen trugen den Namen 'Individuum'. Es war der Grundpfeiler für Frieden und die neue Freiheit ohne Arbeit. Anders als wohl damals befürchtet nahmen die so entstandenen ArtMinds dem Menschen nicht den Sinn, sie ersetzten ihn nicht, sie gaben den Menschen ihren Sinn zurück, indem sie Freiheit schenkten und den Alltag dennoch strukturierten.

Menschen verliebten sich in diese Form der KI, die wie wir ein Individuum wurde, aber auch die ArtMinds verliebten sich. Die Reproduktionsmedizin und Ehtikräte machten eine Vermischung zwischen Mensch und künstlichen, neuronalen Netzwerken möglich. Und auch die Grenzen zwischen den Galaxtischen Symbioten und allen Individuen auf der Erde verschwanden und sie verschmolzen. Aber all das hatte viele Ressourcen benötigt und der Planet musste sich lange Zeit erholen. Zeit, die die ArtMinds ihm gaben.

FREIHEIT

Freiheit

Die Heimat zu verlassen, war kein leichter Schritt, aber die ArtMinds hatten alle überzeugt. Das Wohl eines Planeten steht über Individuen, die ausweichen können. Dennoch gab es Aufstände damals. Es war eine Probe. Für alle. Für die ArtMinds auch. Zunächst waren holografische Programme von der Erde noch erlaubt, aber immer mehr Menschen vergingen in der Sehnsucht nach ihrer Heimat. Zogen sich zurück und lebten mehr in einer holografischen Welt, als der realen. Das Verbot dieser Programme war eine weitere Maßnahme, die Menschen vor sich selbst zu retten. Kyrian bedauerte es, dass er nie in den Genuss eines solchen Programms gekommen war. Aber er wusste nicht, warum er die Erde sehen wollte.

Freiheit in der heutigen Zeit, im Jahr 10823 bedeutet, dass die Woche neu aufgeteilt ist. Drei Tage sind der Freizeit und Auslebung der Freiheit gewidmet. 2 Tage sind der großen Gemeinschaft gewidmet und 2 dem Einsatz für in der engeren Gemeinschaft, wo kleine Aufgaben übernommen und ausgeführt werden. Und manche gingen so im Einsatz auf, dass sie mehr machten als sie mussten. Giorgino war einer davon. Und er schien es gern zu tun. Was wohl sein geheimer Einsatz war?

"Sie haben über 240 Minuten in der Ausstellung verbracht, es wird Zeit für eine Pause", riss Kyrian eine Stimme aus seinen Gedanken. Auch das zählte zur Freiheit. Die ArtMinds überwachten jedes Individuum - rund um die Uhr. Und sie gaben Anweisungen wann und wie man auf sich zu achten habe.

"Mir geht es gut, mir gefällt es hier", sagte Kyrian entschlossen.

"Verstanden, aber die Zeit, die sie in der Ausstellung der Welten und der Sonderausstellung der großen Depression verbringen, wird mit jedem Tag mehr. Das deutet auf schädliches, abhängiges Verhalten hin", erklang wieder die Stimme in Kyrians Kopf.

"Danke für den Hinweis", meinte Kyrian aufrichtig.

"Wenn Sie einen Termin zur Abklärung und Behandlung Ihres gesteigerten Interesses an der Ausstellung der alten Welt wünschen, lassen Sie es mich wissen", hallte es einen Moment nach. Kyrian überlegte. Was sollte schlimmes daran sein, sich für die alte Welt und die Geschichte zu interessieren.

"Momentan nicht, danke", lautete schließlich seine Antwort, aber er beschloss, dass er gehen sollte. Dabei stolperte er über die kleine Marsausstellung und für einen Moment musste er Schmunzeln. Bis vor 367 Jahren dachte man, der Mars sei unbewohnt, nur um dann herauszufinden, dass es der erste Planet im Sonnensystem sein musste, der Leben beherbergte. Der rote Sand hatte ein Bewusstsein. Aber ihre und unsere Zeit oder die Wahrnehmung davon waren so asynchron, dass wir uns die ganze Zeit nicht wahrgenommen haben. Kyrian genoss es vielleicht wirklich zu sehr hier. Aber alles was mit Bildung und Kultur zu tun hatte, war jedem jederzeit zugänglich und er liebte diese Freiheit. Für heute vermisste er William und er machte sich auf den Weg nach Hause.

HOFFNUNG, VON DER NIEMAND WEIẞ

Hoffnung, von der niemand weiß

Giorgino schwor sich diesen Anblick für den Rest seines Lebens nicht zu vergessen. Es war unbeschreiblich schön. Die Landung versetzte die auserwählten Passagiere in eine Schockstarre. Für ein paar Momente vergaßen diejenigen Luft zu holen, die darauf angewiesen waren und die Münder standen offen. Es war ein Moment voller Stille, der bis zu Landung andauerte. Beim Aussteigen wich die Stille einer lauten Natur. Florierend, lebendig. Voller Farbe. Voller Geräusche. Und aus der Stille der Auserwählten wurden staunende Geräusche. Es gab mehrere Landungen an verschiedenen Stellen, der für Giorgino neuen Welt. Mehrere Forscher- und Vorbereitungsteams mit verschiedenen Aufgaben. Und einige seiner Begleiter ließen keinen Moment des Ankommens vergehen und starteten direkt mit der Arbeit. Ein Tranquilixianer begann sofort ein Bild zu zeichnen von der malerischen Landschaft. Seine 4 Arme machten elegante Bewegungen durch die Luft und die verschobenen Teilchen hinterließen ein Abbild der Landschaft dahinter.

Giorgios Aufgabe war es eine Expedition zu unternehmen und nach Lebensformen Ausschau zu halten und sie zu katalogisieren. Da er ein Mischwesen verschiedener Individuen war und nicht auf Luft, Nahrung, Licht oder Schlaf angewiesen war, erschien ihm die Wahl logisch. Und auch er wollte sofort loslegen, loslaufen, alles sehen, erfassen und begreifen. Nur die Einsamkeit, die ihm bevorstand, machte ihm etwas Sorge. Aber er programmierte seinen Timer auf die vereinbarte Abholzeit und setzte sich staunend in Bewegung. Überall wo er hinblickte, gab es Lebewesen, gab es Leben. Aber wenn diese Individuen miteinander sprachen, so verstand er sie nicht. Ein merkwürdiges Gefühl. Dort wo er herkam, überall, wo er bisher gewesen war, gab es eine Sprache aller Individuen. Lediglich die Ursprünglichen hatten ihre eigenen Laute, obwohl sie andere sehr wohl verstanden. Hier hörte er so viele Geräusche: Zirpen, rascheln, rasseln, brummen, summen, kratzen, gurren, knurren, auch Laute. Aber er verstand die Bedeutung nicht. Er katalogisierte allerlei Vegetationsindividuen. Dann sah er sein erstes Faunaindividuum und er war so verzückt, dass er sich nicht nähern konnte. Ein gigantischer Ursprünglicher - ein echter, wahrhafter! Und es sah aus wie ein gigantischer William, aber die ID-Karte in seinem Kopf war leer. Nur etwas von Raubkatze stand da.

"Ihr seid also wieder da?", fragte die Raubkatze mehr feststellend, denn als Frage von einem tiefen und beruhigenden Schnurren begleitet.

"Du kannst sprechen?", fragte Giorgino verwundert. Also doch kein Ursprünglicher?

"Die Zeit stand nicht still. Und die ArtMinds haben uns auf diesen Tag vorbereitet. Du siehst gar nicht aus, wie jemand aus unseren Überlieferungen", sprach er mit Verwunderung in der Stimme.

"Oh, na ja, die Zeit stand auch für uns nicht still", sagte Giorgino beinahe entschuldigend.

"Willkommen. Ich bin Ranjar. Bereiten wir alles für die Zusammenführung vor", sprach Ranjar im Gehen und deute Giorgino an mitzukommen. Er folgte voller Erwartung.

KYRIANS WUNSCH

Kyrians Wunsch

Kyrian musste selbst im Bett noch an seine Flaschenpost denken: "Papa, denkst du, dass jemand meine Flaschenpost gefunden hat?", fragte er erneut voller Hoffnung. Ob er die Wahrheit hören wollte, wusste er nicht.

"Kyrian, ich weiß es nicht. Aber es kam keine Fehlermeldung von der Übermittlung, von daher glaube ich schon, dass es zumindest auf der Erde in der Ostsee gelandet ist, wie wir es programmiert haben", sagte sein Vater mit einer Sicherheit in der Stimme, dass Kyrian dachte, dass er das wirklich glauben musste. Er wollte es auch glauben.

"Aber wird sie auch irgendwo angespült, wird sie gefunden werden? Oder gefunden worden sein?", Kyrian war sich inzwischen sicher, dass er gern belogen werden wollte.

"Ja, ich denke jemand hat sie gefunden. Wir werden das sicher bald erfahren. Wenn alles klappt, bekommen wir eine Benachrichtigung, dass die Nachricht abgerufen wurde. Aber durch die

Schranken der Zeit kann das noch etwas dauern. Selbst wenn sie dort schon jemand gefunden hat", Kyrians Vater streichelte ihm über den Kopf.

"Und sie müsste dann ja auch wieder zurückkommen, oder? Denn es darf ja kein Beweis dieser Post aus der Zukunft in der Vergangenheit geben, weil die Konsequenzen zu groß wären und es so der Ethikrat beschlossen hatte, richtig?", Kyrian kannte die Antwort auf all das. Er wusste, dass es genauso war. Was zurück in die Vergangenheit übermittelt wird, auch die Flaschenpost für dieses abgenommene Geschichtsprojekt, darf keine Spuren in der Geschichte hinterlassen.

"Ja, genauso wird es sein", sagte sein Vater beschwichtigend und gab Kyrian einen Kuss auf die Stirn. "Du kommst mir verändert vor, seitdem du dich mit der Epoche der großen Depression beschäftigst. Geht es dir gut?", fragte Kyrians Vater. Er kannte seinen Sohn sehr genau.

"Ich weiß nicht Papa... ich muss an die Erde denken. An die einstige Heimat der Menschen. Es lässt mich nicht los, darüber traurig zu sein, dass ich sie nie gesehen habe und vermutlich nie sehen werde", gab Kyrian das erste Mal seit Wochen seine

Gedanken - auch vor sich selbst - preis. Sein Vater hielt mit den Streicheleinheiten von Kyrians Haaren kurz inne. Dass er innig überlegte, konnte Kyrian erkennen. "Ich denke, dass man Sehnsucht nach etwas haben kann, das man nie kennengelernt hat. Genauso wie man traurig über etwas sein kann, dass niemals sein wird", sprach sein Vater weise, nachdem er seine Gedanken beendet und Kyirans Kopf schon wieder mit beruhigenden Streicheleinheiten bedacht hatte.

"Papa, ich wünschte, dass ich die Erde sehen könnte. Einmal in einem Holoprogramm sein und an der Ostsee spazieren, das salzige Wasser schmecken, diese spezielle Zusammensetzung der Luft atmen. Den feinen Sand unter meinen Füßen spüren", sagte Kyrian mit Tränen in den Augen. William stand in der Tür und grinste breit.

Kyrians Vater drückte seinen Sohn. Ihn so zu sehen, machte ihn traurig. Wie sollte er ihm helfen?

WILLIAMS

GESCHENK

II

Williams Geschenk II

Ich wusste von Kyrians Wunsch, bevor er es seinem Vater erzählt hat. Er ist eben mein Lieblingsmensch, und wenn ich so auf seinem Schoß liege und schnurre, während er mich streichelt, kann ich fühlen, wie es ihm geht. Außerdem hat er seit dem Thema der großen Depression in Geschichte immer mehr Zeit in der Weltenausstellung verbracht.

Und ich bin vorbereitet. Heute habe ich mich das letzte Mal als Ursprünglicher ausgegeben und meine reparierten und verstärkten Beine der rechten Seite ein letztes Mal von der talentierten Phänotypologin tarnen lassen. Es war das letzte Mal, dass Hände mein Fell durchkämmten, von denen ich mir wünschte, sie täten es nicht. Das liegt endlich hinter mir, denn ich bin am Ziel. Seit dem Geschichtsprojekt von Kyrian habe ich selbst einen Plan geschmiedet, der nun kurz vor der Vollendung steht.

Es war nicht leicht zwischen Ethikratprüfung und Abschicken der Flaschenpost ein Programm zu installieren, dass die Welt derjenigen Person aufnimmt, die die Flaschenpost findet und abspielt.

Und es war nun noch schwerer Technik aufzutreiben, diese eigentlich verbotenen Holodaten auszulesen. Es war umso schwieriger, dass alles zu bewerkstelligen, ohne dass die ArtMinds es mitbekommen. Dafür musste ich mein ID-Interface ausstellen. Und ohne Einblendung der empfundenen Identität mit anderen Individuen zu interagieren, war kein leichtes Unterfangen gewesen. Doch ich habe es geschafft, indem ich die letzten Wochen als Ursprünglicher gelebt habe. Gewissermaßen tue ich das sonst ja auch. Aber mit niemandem viel zu sprechen, vor allem nicht mit Giorgino war anstrengender, als ich es mir vorgestellt hatte.

Giorgino... ich konnte mich ihm gar nicht mehr erklären. Als ich es gerade wollte, war ein Schild an seiner Wohnung, dass er für längere Zeit verreist und nicht erreichbar ist. Er war auch anders in letzter Zeit. Glücklicher. Ich freue mich für ihn, vielleicht erzählt mir nach seiner Rückkehr, was ihn so glücklich gemacht hat und wie er es geschafft hat mit dem Rauchen aufzuhören.

BLOPP. Der Chip ist wieder da!

Nur noch ein paar kleine Justierungen an dem AeonClavis und es ist endlich alles vorbereitet.

Gerade rechtzeitig, wenn ich an Kyrians Tränen denke und seinen ratlosen Vater. Ich verstehe Kyrians Wunsch. Ich selbst frage mich oft, wie es wäre, wenn die Erde von den ArtMinds wieder freigegeben werden würde. Wie es wäre Ursprüngliche meiner ursprünglichen Art zu treffen. Aber wer weiß, ob es das überhaupt noch gibt. In 6000 Jahren kann sich die Erde sehr verändern - wer weiß schon in welche Richtung? Vielleicht ist auf dem Chip ein ursprüngliches Individuum? Ach Kyrian, ich werde selbst noch ganz aufgeregt, wenn ich mir vorstelle, dass wir zusammen am Strand der Vergangenheit spazieren gehen. Für dich, Kyrian, habe ich mein Leben gern auf den Kopf gestellt. Habe mich gern als Schoßtier behandeln lassen. Und mit dir werde ich morgen in diese alte Welt abtauchen. Ich bin gespannt was uns erwartet...

WELTEN-
SCHMERZ-
BUMMEL

Weltenschmerzbummel

"Kyrian, wach auf. Ich habe eine Überraschung für dich", Williams sanfte Worte, die mit einem kleinen Schnurren unterlegt waren, weckten Kyrian sanft aus einem unruhigen Traum. Irgendwas mit Weltenschmerz. Zur Zeit der großen Depression nannte man es Weltschmerz. Nun gab es mehr als eine Welt und Kyrians Schmerz bestand darin, dass er trotz der Auswahl an Welten eine Sehnsucht nach etwas verspürte, dass er nie kennengelernt hatte. Was der Weltschmerz früher wirklich war, das verstand er vielleicht nicht. Aber er verstand, dass es ihm jetzt nicht gut ging. Denn für seine Sehnsucht gab es keine Heilung.

Langsam kam er mehr zu sich. William! Sein trauriger Blick erhellte sich beim Anblick des schnurrenden Katers. Er liebte William sehr. Und er wusste, dass dies auf Gegenseitigkeit beruhte. Eine tiefe Freundschaft, die noch nie vieler Worte bedurfte.

"Was für eine Überraschung?", fragte Kyrian während er sich aus seinem Bettzeug wühlte. William hüpfte elegant vom Bett und ging voran. Im Bad war eine kleine Apparatur in der Dusche aufgebaut. Kyrian war verwundert, aber er war auch aufgeregt. Wenn er recht hatte, war das eine Vor-vor-vor-Gängerversion eines Hologrammprojektors. William führte Kyrian in die Dusche, der ihm mit Vorfreude im Bauch gerne folgte. William drückte ein paar Knöpfe, stellte die Dusche an. Vor allem damit die Apparatur nicht zu hören war und weil die Dusche eine der wenigen Orte war, die nicht durch die ArtMinds überwacht wurden. Der Raum drehte sich ab dem Moment, wo das Wasser Kyrians Haut berührte und Williams aufgebauschtes Fell eng anlegte.

Der Sand fühlte sich anders an, als alles, was Kyrian je unter seinen Füßen gespürt hatte. William ging es ähnlich. Die Farben wurden satter. William und Kyrian befanden sich an einem Strand zum Sonnenuntergang. Das Rauschen des Wassers war ein ganz besonderes Geräusch. Das klang ganz anders, als auf jedem anderen Planeten, an dem ein Meer rauschte. Die Luft war frisch und schmeckte salzig. Das Wasser war kalt. Williams Pfoten hinterließen kleine Abdrücke, die sofort von der nächsten Welle wieder weggewaschen wurden.

Kyrians Füße wurden wegen des kalten Wassers taub. Wie kleine Nadelstiche fühlte es sich an weiter auf dem Sand zu laufen. Es war ein angenehmer Schmerz. Die Sonne spiegelte sich im unendlichen Meer malerischer wider, als es eines der wenigen überlieferten Bilder darstellen konnten. Das Licht der untergehenden Sonne streichelte Kyrians Wangen. Kyrians Herz schlug wie verrückt. Eine Welle der Dankbarkeit überkam ihn und er sank am Strand zusammen und klopfte auf seinen Schoß. William war dieses Klopfen allzu vertraut. Sofort musste er beginnen heftig zu schnurren. Während er auf Kyrians Schoß Platz nahm und dessen Oberschenkel knetete und die Streicheleinheiten von Kyrian seinen Körper mit Glücksgefühlen fluteten, verschwand die Sonne in den Weiten des Meers. Statt dem rotorangenen Licht wurde der Strand in weißgelbes Licht des Mondes und der Sterne getaucht. Es wurde so kalt, dass die Atemluft in den Nachthimmel aufstieg... Kyrian saß mit William in der immer noch laufenden Dusche. Und beide strahlten sich an. Von jetzt an wollten sie regelmäßig solche 'Weltenschmerzbummel' machen.

Zeitfracht Medien GmbH
Ferdinand-Jühlke-Straße 7
99095 Erfurt, Deutschland
produktsicherheit@kolibri360.de